한 해를 산다는 것은

한 해를 산다는 것은

초판 1쇄 발행 2024년 1월 25일

지은이 | 전종문
만든이 | 이한나
펴낸이 | 이영규
펴낸곳 | 도서출판 그린아이

등록 연월일 | 2003. 12. 02.
등록 번호 | 제2-3893호
주소 | 서울특별시 은평구 녹번로 6-11, 201호
전화 | 02)355-3035
이메일 | gmh2269@hanmail.net

ISBN 979-11-91376-26-5(03810)

한 해를 산다는 것은

전종문 시집

그린아이

새 달력을 걸며

한 터럭의 회한인들 왜 없으리요만
덤덤한 듯
남은 한 장 떼어내고
새 달력을 건다

삼백예순다섯 날이 붙어 있다
어떤 날들이 될까
비 오는 날도 있고
바람 부는 날도 있고
물론 청옥같이 맑은 날도 많겠지
살아온 경험이 그렇게 가르쳐 준다

모두가 맑은 날이 되기를 바라기보다는
그날 그날 잘 헤쳐 나가길 소원한다

내가 그날들을 지배할 수 있다면
그러나 내 정서는
그날들에 일어나는 사건과 날씨에
대부분 지배당할 것이다
겪어온 경험이 그렇게 가르쳐 준다

그래도 새 달력을 걸며
잘 견디어낼 수 있을 거야
희망도 함께 걸 수 있다니
참 감사하다

제1장

입춘立春에서
춘분春分을 거쳐 곡우穀雨까지

입춘立春 / 12

추위 거쳐서 온 봄 / 13

춘화현상 / 14

이른봄 / 15

그리웠던 봄 / 16

오늘은 **우수雨水** 절기 / 17

가던 길을 가라 / 18

씨앗 / 19

빠끔살이 / 20

눈꺼풀의 위력 / 22

경칩驚蟄 / 24

봄눈 / 25

당신의 믿음 / 26

나의 아침 / 28

그림자 / 29

봄의 중앙에 선 **춘분春分** / 30

비로소 시인이다 / 32

구수한 맛 / 33

부부인연 / 34

비 내리는 솔밭공원 / 35

청명淸明의 계절 / 36

그대를 사모하노니 / 37

커피 버릇 / 38

봄비에 벚꽃 내리다 / 39

목련 꽃잎이 진 자리 / 40

곡우穀雨 / 42

어머니를 뵈었네 / 44

침묵 / 46

폭우 / 48

당신이 퇴원하는 날 / 50

제 2 장

입하立夏에서
하지夏至를 거쳐 대서大暑까지

입하立夏 / 54

만남 / 55

그러려니 / 56

비 내리는 새벽 / 58

5월의 화단에서 묵상하다 / 60

소만小滿 무렵 / 61

황혼녘 산책길 / 62

오순도순 살아라 / 64

내 우산 속으로 / 65

누이동생의 잠 / 66

망종芒種 / 68

모든 꽃의 아름다움 / 70

유월의 바다 / 72

잠을 빼앗긴 밤 / 74

자벌레 / 75

하지夏至 / 76

사랑이 좀더 간절하기를 원한다면 / 78

우리가 정말 행복을 원한다면 / 79

공원길을 걸으며 / 80

우산을 쓰고 걸으면서 / 82

소서小暑 / 84

나 바다에 가고 싶네 / 85

역사를 속이려는가 / 86

휴전협정 / 88

넝쿨장미 / 91

대서大暑 / 92

매미 소리 / 94

은경이 / 95

폭염과 장마 / 96

의자 / 98

제 3 장

입추立秋에서
추분秋分을 거쳐 상강霜降까지

입추立秋 / 102

느티나무 그늘 / 104

산에 오르고 싶다 / 105

세월열차 / 106

밤바다 / 107

처서處暑 / 108

참새 / 110

내 그리움의 세월 / 111

적개심 / 112

삼각산 계곡 / 113

백로白露 절기를 맞으며 / 114

어느 늙은이의 가을 / 116

어딘가로 떠나고 싶어 / 118

발자국 소리 / 120

사랑에 대하여 / 122

추분秋分을 지나면서 / 123

겨울을 예비하는 계절 / 124

가을이 좋은 이유 / 126

내 인생의 가을 / 128

조곤조곤 내리는 가을비 / 129

한로寒露 절기에 / 130

구름 나그네 / 131

세상은 살아 있는 사람의 것이라네 / 132

더 늦기 전에 / 134

우아한 마무리 / 136

상강霜降 무렵 / 138

아내의 생일 / 140

가을은 나에게 / 141

시월 그믐날 / 142

무릎을 탁 칠 수 있는 / 143

제 4 장

입동立冬에서
동지冬至를 거쳐 대한大寒까지

입동지절立冬之節 / 146

11월 / 147

걸레 / 148

낙엽을 보며 / 150

가을 깊은 산 / 151

소설小雪 / 152

첫눈 / 153

11월이 가면 / 154

찾아온 것은 가더이다 / 156

겨울꽃 / 157

대설大雪의 계절 / 158

철없는 것들 / 159

나는 왜, 아직도 / 160

이렇게 눈이 내리는 날에는 / 162

산다는 것은 / 164

동짓冬至달 기나긴 밤 / 165

아버지 / 166

나 광야에서 살고 싶네 / 168

허물 / 170

세월아 / 171

소한小寒 추위 / 172

첫날의 각오 / 173

벌거벗자 / 174

그대의 침묵 / 175

한파 / 176

대한大寒—한 해의 끝자락에 서서 / 178

나의 세모歲暮 / 179

바닥 / 180

시간에 대한 단상 / 181

정하여진 시간 / 182

꼬리글—한 해의 항해 / 184

제 1 장

입춘立春
추위 거쳐서 온 봄
춘화현상
이른봄
그리웠던 봄
오늘은 **우수**雨水 절기
가던 길을 가라
씨앗
빠끔살이
눈꺼풀의 위력
경칩驚蟄
봄눈
당신의 믿음
나의 아침
그림자

봄의 중앙에 선 **춘분**春分

비로소 시인이다

구수한 맛

부부인연

비 내리는 솔밭공원

청명淸明의 계절

그대를 사모하노니

커피 버릇

봄비에 벚꽃 내리다

목련 꽃잎이 진 자리

곡우穀雨

어머니를 뵈었네

침묵

폭우

당신이 퇴원하는 날

입춘立春

비틀거리는 몸짓으로 봄이 섰네
아직 물러설 줄 모르는 삭풍도 서 있네
누가 더 오래 견딜까
내기를 하나 보네

고요를 위협하는 바람
사랑을 시기하는 증오
장래의 소망을 멸시하는 절망스런 환경
결국 누가 쓰러지고 말까

입춘이다
봄이 우뚝 서리라
하늘과 땅이 환호하리라
추위와 불안과 다툼이 물러난 자리
움츠렸던 가지에 움이 돋고
평화와 사랑과 따스함이 머물리니
봄이 몸을 푼다

추위 거쳐서 온 봄

창밖에서
추위를 피할 요량으로
이따금씩
내 방을 기웃거리던 네가
이제 온전히 온몸을 보이는구나

찬연한 빛을 이끌고
청아한 새소리도 거느리고
걸음 가볍게 찾아온 너는
칙칙한 내 방안을 밝히는구나

보드라운 네 살결이여
굳은 마음도 어루만져
녹이는 네 손길이여

싸늘함을 이기고
기어코 나를 찾아왔다는
그 하나의 사실

노래하자
네 모습은 장엄하고도 화사하구나

춘화현상

성공이 무엇인가를 알고 싶다면
개나리에게 물어보라
이 봄날에
추위를 겪지 않으면 꽃 피우기를 거절하는
진달래와 철쭉에게 물어도 된다

인생이 무엇인가를 알고 싶다면
보리에게 물어보라
혹독한 겨울을 겪은 가을보리에게
너는 어떻게 해서
그 많고 튼실한 열매를 맺었느냐고

이른봄

선뜻 목도리 풀어 놓기가 어려운 계절

아직 머물고 있는 싸늘한 칼날
껴안고 덥히며
겨울을 녹이는 햇살

환청인가
저 밑 어둠 속에서
지표 뚫을 힘 모으는 웅성거림이 들리고

환상인가
얼굴 내미는 새싹의 어른거림
마른 가지마다 아이 젖꼭지처럼 트이는 잎눈

전령사 산까치의 우짖는 소리에
화들짝 안개는 걷히고
가슴이 울렁이고

그리웠던 봄

빠끔히 커튼 사이로
얼굴을 내미는 햇살
부드러워라
그렇게 나를 찾아오는 네가
그동안 많이 추웠었지?
인사가 살갑다

꽃소식도
곧
그렇게 은근히
바람에 태워 보내주겠지

앉아 있을 수만 없어
온몸으로 맞아들이려고
온 들녘을 쏘다녀 보려고
외출을 준비한다

두근거리는 가슴에
나를 그렇게 불러내는
오돌오돌 떨면서
그리웠던 봄

오늘은 우수雨水 절기

우수雨水라서인가
새벽녘에 내리는 가는 비를 보면서
나는
잠시 우수憂愁의 시인이 된다
새싹이 돋기 위해서는
언 땅을 녹여야 한다지만
떠나는 것에도 한 가닥 연민이 따른다
산골짝 어딘가에 숨어서
신음소리를 내는 잔설
갈 것은 가고
올 것은 오는 것이 순리라지만
어떤 감정은
여린 시인에게 서글픔이 되기도 한다

가던 길을 가라

가다가 넘어질 수 있다
넘어져도
부끄러운 일 아니다
넘어지지 않는 게 오히려 이상한
돌부리 많은 세상
다만 그 자리에 주저앉지는 말라
앉아 있을 자리는 아니다, 거긴
털털 털고 일어나서
아무 일 없었던 것처럼
가던 길을 가라
뒤돌아보지 말고 그냥 가라
또다시 넘어질지라도

씨앗

네 사명은
가장 낮은 곳으로 떨어져
암흑의 땅속에 묻히는 것

네 몸이 썩어 문드러지면서
네 몸을 뚫고 나오는 새싹
온기로 감싸고
그에게 최초의 거름이 되는 것

새싹이 땅의 표피를 뚫으면
간지럽히는 햇빛에 맡기고
가랑비 맞으며
바람에 휘청거려도
나 몰라라 하고

흔적도 없이
너는 없어져 주는 것

빠끔살이*

담장 밑에서
아직은 찬 기운이 남아도는
담장 밑에서
우리 조무래기들은
빠끔살이를 하며 놀았지
갓 돋은 푸성귀 뜯어다가
조개껍질에 담아 놓기도 하고
사금파리에 담은 모래알을 밥이라 하면서
냠냠 먹는 시늉을 하며 즐거웠지
여보, 당신, 하며
우리는 엄마, 아빠 흉내도 냈지
그러다가 어느덧
우리는 정말 엄마, 아빠가 되었고
실제로 살림살이하려고
땀 흘리는 세상으로 쫓겨났지
철없이 빠끔살이하던 때
기억에서 지우며
열심히 살려고 했지만

그때만큼 행복한지는 모르겠네
그때는 어서 커서 어른이 되기를 원했지만
지금은 그때가 그리워지네
철없이 지내던 그때가
한 움큼 햇살이 내려 안온했던 그 자리가

*소꿉놀이의 방언.

눈꺼풀의 위력

내 몸에서 가장 가벼우면서도 무거운 것이 있습니다
그 가벼운 것이 천근만근 무게로 짓누르면
나는 아무것도 할 수 없습니다
무기력에 사로잡힙니다

나는 꿈도 없이 얼마 동안 공허를 헤매다가
눈을 뜨고
아침에 커튼을 열어젖히듯
창문을 열고 다시 세상을 봅니다
내가 어떤 형편에 있었든지 상관없이
세상은 거기에 그렇게 있었습니다

세상이 넓다고요?
세상이 아름답다고요?
어지럽다고요?
그러나 그 실존은 내 눈꺼풀에 달려 있습니다
사르르 내 눈꺼풀이 아주 닫히는 날이 온다면
세상은 어두워집니다

내 앞에서 아주 없어집니다
세상이 제아무리 넓다 해도 그 존재는
내 눈꺼풀에 달려 있습니다

경칩驚蟄

땅이 누워 있다
얼어죽은 듯이 누워 있다
기지개를 켜는 소리가 들리는 듯싶더니
그 땅의 표피를 뚫고
새싹이 돋는다

등짝에 온기를 느끼는 순간
눈을 뜨는 개구리
팔짝 뛰어오르는 오늘은 경칩

나도 일어나야지
기지개 켜는 어깻죽지가 부드럽다
섬진강을 끼고
매화가 피었다는 소식 거느리고
봄이 창밖에서 서성인다

봄눈

나는 꽃이 될까, 나비가 될까
3월에 함박눈이 나비처럼 난다
꽃처럼 핀다
오도카니 바라보며
세월을 되돌리는 영사기
창밖에 영화처럼 그려낸다
철모르고 뛰어놀던 아이들아
멈춰 있는 듯 흐르던 계절아

꽃처럼 피어오르던 아이들아
나비처럼 날던 너희들아
이제 하차를 준비해야지
이 철없이 내리는 눈송이처럼
나비처럼 가볍게 날아서
저 아픔과 어둠이 없는 곳에서
3월에 내리는 함박눈처럼
조금은 엉뚱하게
조금은 화사하게
어느 낯선 간이역에 여행객처럼 내려
꽃처럼 피어나야지

당신의 믿음

때때로 나를 나도 믿지 못하는데
당신은 나를 철석같이 믿는다네
때로 나 때문에 분노도 하면서
스스로 위로받기 위함인가
당신을 향한
나의 처음 먹은 마음은 변치 않았다네

그 믿음 먹으면서 나는 여태껏 살아왔네
행여라도 그 믿음을 손상시키지 않으려고
조심조심하며 걸음을 옮겼네

내가 여기까지 온 것도
이렇게 서 있는 것도
나는 고백할 수 있네
나를 향한 당신의 그 믿음 때문이라고

비 오는 날에도
바람 사나운 날에도

저 화창한 날에는 더욱
흔들리거나 넘어지지 않으려고
꼬옥 붙들었네, 나를 향한 당신의 믿음

때때로 나를 나도 믿지 못하지만
끝까지 변치 않으리라는
나를 지탱케 하는 힘
나를 위한
당신의 그 녹슬지 않는 믿음

나의 아침

눈이 부시게 찬란하다
창문을 통하여 쏟아져 들어오는 빛
내 거처의 어둠을 몰아내고
내 마음에 음습함이 끼어들지 못하도록
너 찬란한 태양빛이
내 아침을 열어준다

부챗살같이 펼쳐지는 빛
내게 힘을 얹어준다
내 방의 화초가 싱싱하게 기지개를 켜고
나를 두르고 있는 모든 것들이
나를 돕기 위하여 눈을 뜬다
찬란한 아침

기분 좋은 아침이다

그림자

너는 항상 나를 따르지만
언제나 그것은 빛 안에서이다
어둠에서 너는 나를 따를 엄두도 못 낸다
빛 안에서만 살라는 권고

너는 나의 분신
그러나 스스로는 아무 일도 할 수 없다
나의 형체를 증명하는 일만 한다
종처럼
아무 생각 없이 나를 따른다

내가 너를 가장 두려워하는 것은
너는 있고
나의 실상이 없어지는 것이다

봄의 중앙에 선 춘분春分

지난 동지冬至에 가장 위축되었던 낮이
야금야금 밤의 길이를 축내더니
드디어 밤과 어깨를 나란히 하게 되었네

춘분春分
밤과 낮의 길이가 같은 날
봄의 정점

꽃들아, 마음대로 피어
온 땅을 수놓아라

벌, 나비야, 마음껏 날아라
추위는 갔다

새들아, 모든 생물들아
네 짝을 사랑하라
봄은 사랑이 열리는 계절

너희들은 속삭여라
사랑의 밀어

눈을 맞춰 서로 바라보아라
따스한 눈길이 되리라

귀를 열어 경청하라
은근한 사랑의 음성이리라

가슴에 손을 얹어보아라
뛰는 고동소리가 느껴지리니
봄은 온 천지와 만물이 출렁이고
사랑을 목말라하는 계절
그 중앙에 선 춘분春分

비로소 시인이다

시를 쓰지 않는 사람을
시인이라 부르기는 어렵지만
시를 읽는 사람을
시인이 아니라고 말하기는 더 어렵다

시인이여
시를 읽으라

시인이여
시를 읽게 지어라
읽으면서 울게도 하고 웃게도 하라
그래야 비로소 시인이다

구수한 맛

어머니 손을 거쳐 나온 음식
거기에는
언제나, 그리고 무슨 음식이든
독특한 맛이 있었다
구수한 맛

과학적으로 증명할 수도, 구별할 수도 없는
구태여 증명할 필요나 구분할 필요가 없는
달고, 짜고, 싱거운, 모든 음식 안에 들었던
구수한 맛

어머니의 정성으로 우려낸
평생 뇌리에 느끼고
입에 달고 살아야 하는
어머니 맛

부부인연

참 묘한 인연
내 아내와 나는 어떻게 한 집에서
부부로 살게 되었을까
더러 의견 충돌을 하면서까지
구태여 왜 같이 살아야 할까
언제 헤어질지 모르는 세상에서
어찌 헤어질 줄 모르는 사람들처럼 살까

때로는 억척스럽게
때로는 금방 등 돌릴 원수처럼
때로는 마치 같은 가문에서 태어나 재잘거리는
동기간의 다정다감함처럼
참으로 모를 일

부부인연
그것 참 묘하다고 생각하면서
그냥 언젠가 숨 끊어질 때까지 살다가 헤어지는
고약한 운명 짊어지고 사네
놓기는 아깝고
들고 있기는 무거운 삶

비 내리는 솔밭공원

비 오는 날에는
솔밭으로 가자
정자에 잠시 몸 내려놓으면
그리운 사람이 찾아오려나

비를 타고 내리는
어두움

고요는 빗소리에 젖고
내려놓은 마음
솔향기가 잦는다

청명淸明의 계절

봄이 다 가기 전에
여름이 오는가
아직 쌉쌀한 바람에
어정쩡하게 멈추고 있던 봄이
어느덧
들썩이는 몸짓으로 꽃들을 피워내더니
이제 한낮은 무덥기까지 하다

매화, 참꽃, 개꽃, 개나리, 산수유, 목련…
초록 세상 꾸미려고
하나씩 하나씩 꽃잎을 떨어트리고
산과 들에 윤기가 자르르 흐른다

하늘을 올려다보라
구름 한 점 없이 맑다
청명이다
종달새 노래가 날갯짓하며 날아온다

그대를 사모하노니

고요와 동무하고
오도카니 창밖을 바라보네
어둠이 깊어가면서
달빛이 교교하네

나 그대를 사모하여
찾아오기를 기다린 지 오래
황홀한 만남을 위하여
찾아헤맨 지도 오래

그대 만나기가 이토록 어려운 걸
뚝딱 뚝딱
시인도 많이 탄생하고
그들의 시들도 셀 수 없이 태어나네
그 천재성이 부럽지는 않지만
내 둔재성은 안타깝네

나 그대를 사모하여
오도카니
넋잃은 사람처럼
이 밤에도 앓고 있네

커피 버릇

언제부터였을까
이제는 마시지 않으면 허전한
식사 후 커피

한 모금 머금고
먼 하늘 바라보는 버릇
그 순간에
흰구름 같은 그리움이 피어나고

한가로운 시간이면 생각나는
마시면서 또 한가로워지는

쓴맛이 이제는
달콤하게 느껴지는

봄비에 벚꽃 내리다

온통 하얗게 피어서 화사했던 너
내리는 비에 속절없이 날리는구나
바람이 세지 않아도
그게 운명이라는 듯
너도 너의 근본인 땅으로 흩어져 내리는구나
눈처럼, 비처럼

아름답다
무희의 춤사위같이 떨어지는 모습도
떨어져 땅에 깔린 자태도
태어난 것은 모두 일생이 있어
결국 떨어져야 한다는 교훈을 주는 것도
태어난 것은 일생에 단 한 번이라도
빛을 내야 한다는 사명도
사명을 다하면 순교자처럼 생명을 내려놓는 것도
장엄하구나
아름답구나

목련 꽃잎이 진 자리

봄이 떠날 날이 아직 남았는데
여름이 미리 온 날씨
한 송이, 한 송이
찬연한 햇볕을 받으며
백목련이 꽃잎을 떨어트리네

바닥에 내려앉기 전부터 퇴색한
어지러움이여
너저분함이여

그 청초했던 자태는 어디 가고
저 지난날, 백옥을 입었던 천사여
그 화사했던 꿈은 어디 가고
지금은
너를 바라보았던 내 사랑을 아프게 하는가

나 비록 울면서 태어났지만
단아한 모습으로 떠나리라

섭섭해하는 사람 서넛 있으면 족하겠고
햇볕 찬연한 날
먼 나라로 여행 떠나듯
조금은 들뜬 마음으로 눕고 싶다

곡우 穀雨

땅이 봄비를 머금는다는 곡우 절기
새벽기도회에 다녀오는데
이슬비가 내린다
곡식을 기름지게 하여 풍년이 들게 한다는
곡우에 비가 내린다

이제는 고향 떠난 지 수십 년
볍씨를 담그며 본격적으로 농사철을 맞았던
우리네 농촌 풍경이 보인다

산천이 여름을 향하여 한껏 푸르러 가면
들녘에 청보리가 익어가고
이때쯤 자운영밭 위로 아지랑이가 뜨고
종달새 우짖는 소리
하늘에 매달려 있음직한데
나는 책상 위에 백지를 펴 놓았다
만물에 물이 오르는 시기에
좋은 글이나 하나 건졌으면 하는

풍년의 소망을 품었다

화단에 화사한 모란과 양귀비가 피었고
영산홍이 흐드러져 있다
곡우화라 이름하는 모란꽃 앞에 두고
곡우차 한 잔을 마셔야겠다

어머니를 뵈었네

더 늦기 전에 누이동생을 만나러 가네
녹색의 잎사귀들과 향긋한 냄새로
삭막했던 산야를 살뜰하게 꾸며놓은
고향길을 가네
내가 유소년 시대를 살았던 곳
이제는 함께 뛰놀던 동무도 없고
예전에 사시던 어르신들도 모두 떠난
허전한 고향

고향의 한 귀퉁이에서
마중 나온 살붙이 여동생을 만났네
나를 대하기가 가장 편하다는
소년 시절을 같이 살며
내 얼굴의 여드름도 짜 주었던 동생
성품도 어머니 닮고
모습도 어머니 닮고
어머니 닮은 음식 솜씨까지

세월을 이기지 못하는 나그네길에서
그는 오라버니를 만나 반갑고
나는 그리운 어머니를 뵈었네

침묵

나는 이 나이에
수십 년이 흐른 이 나이에
느닷없이 왜 너를 생각해냈는지 모르겠다
그렇게 무료했던 소년 시절
강가를 거닐다가
너부죽하다는 이유 하나로
나는 바닥에 깔려 있는 돌들
그 수많은 돌들 사이에서 너를 택했다
그리고 강물에 던졌다
정성을 모아서
돌이 가급적 강물과 수평이 되도록
내 상체를 비틀어 낮추며 힘껏 던졌다

내 손을 떠난 너는
강물 위를 덤벙, 덤벙, 덤벙 뛰어 날며
물수제비를 뜨다가 가라앉았다
그리고 끝이었다
야속하게도 나는 너를 금방 잊었다

그런데 왜 나는 뜬금없이
수십 년이 지나서 지금
잊어버렸던 너를 기억해 냈을까

그동안 너는 어떻게 지냈는가
참선하는 자세로 앉아
흘러가는 물소리를 들으며
주변에서 유영하는 물고기들을 멀거니 바라보며
침묵의 세월을 보냈는가
흐르는 물소리를 들으며
그 물에 조금씩 조금씩 자신의 살점이
씻겨나간다는 것을 알고나 지냈는가
그렇다면 아마 지금쯤 뭔가를 터득했음직도 한데
너의 침묵의 무게를 나는 도저히 따를 수 없구나
그동안 너는 죽은 것처럼 살아 있었고
나는 산 것처럼 죽어 있었는가
강물처럼 흐르는 세월 안에서 그동안
도무지 쓰잘머리없는 소리만 허공에 퍼질러 놓은 나는

폭우

나도 모를 일
내 속에 이런 것들이 쌓여 있었다니

폭우가 쏟아진다
가로수를 쓰러트릴 것 같은 기세
폭풍이 합세했다
우산은 펴자마자 벌러덩 뒤집어지고
삽시간에
머리에서 발끝까지 빈틈없이 젖었다

그런데 왜 상쾌할까
답답한 그 무엇이 빠져나가며
비워지는 기분
날개를 펴고 하늘을 나는
깃털 같은 가벼움

세상 어디서부터 이런 것들이 기어들기 시작했는가
깨부수고 싶은 울화통

언제부터 내 속을 점령하고 있었는가

몸은 젖었어도 시원하다
홀가분하게 날려보내는 폭풍우가
아, 시원하다

당신이 퇴원하는 날

비 그치고 어둠이 깔립니다
빗물 마신 소나무
그윽한 향기 내뿜는데
나는 지금 집으로 가야 해
아직은 아무도 기다려주지 않는 내 집으로

이보게, 자네는
누구도 찾아갈 수 없는 병실에 갇혀
답답한 마음 달래며
멀뚱멀뚱 천장만 바라보고 있었소?
그래도 그동안 잘 견디었소

나 지금 집에 들어가서
빛나게 청소해 놓고
내일 아침엔 일찌감치
냉장고 가득 채울 거요
자네가 좋아하는 수밀도 사다가

내가 귀를 열고 당신의 소식을 들었소
드디어 내일 오후에 퇴원하여 돌아온다는

애지중지하는 당신의 아들, 며느리가
내일 늦지 않게 차를 몰고 갈 거요
나는 남아서 집이나 보라네

제 2 장

입하立夏

만남

그러려니

비 내리는 새벽

5월의 화단에서 묵상하다

소만小滿 무렵

황혼녘 산책길

오순도순 살아라

내 우산 속으로

누이동생의 잠

망종芒種

모든 꽃의 아름다움

유월의 바다

잠을 빼앗긴 밤

자벌레

입하立夏에서
하지夏至를 거쳐
대서大暑까지

하지夏至
사랑이 좀더 간절하기를 원한다면
우리가 정말 행복을 원한다면
공원길을 걸으며
우산을 쓰고 걸으면서
소서小暑
나 바다에 가고 싶네
역사를 속이려는가
휴전협정
넝쿨장미
대서大暑
매미 소리
은경이
폭염과 장마
의자

입하 立夏

여름이 들어서는 계절
맑은 하늘을 우러르며 산야는 신록으로 우거지고
화사한 꽃이 지천이다
5월을 맞으면서 흥겨워지는
과연 실감하는 계절의 여왕
화사한 당신이여
우리는 당신의 뜨거운 열정을 받아들이기 위하여
마음을 연다
사랑하는 가족
사랑하는 이웃
사랑하는 나라의 백성
아, 모두를 사랑의 대상으로
당신의 마음을 나누고 싶은 계절
나를 비우고
당신의 사랑을 받아들이고 싶은 계절
피어나는 내 안의 열정
받기 전에 나누고 싶은 사랑의 계절
몸과 마음이 달구어진다

만남

우리는 만나고 싶은 사람만 만나며 사는가
만남은 우연이 아니다
잠시 만났다 헤어지는 것일지라도
그것은 필연이다
그 누가 스치듯 잠시 나를 만났어도
그가 만약 웃음 띤 얼굴을 내게 보였다면
나는 행운을 만난 것이다
그가 특별히 내게 원하는 것이 없고
그 미소의 여운이 길다면 축복일 게 분명하다
미리 약속하고 만나 긴 이야기를 나누었을지라도
돌아서면 곧 잊히는 경우도 있지 않은가

아, 만나고 싶은 그 많은 사람들
미소로 기쁨을 주는 소박한 사람들
그 사람들이 나를 만나고 싶어 한다면
얼마나 좋을까, 나는
비록 내가 그들에게 드릴 것이 없을지라도
나는 빈손 높이 들고
미소를 건네며 환영할 것이다

그러려니

더듬어보면
한 떼기 아픔도 없는 사람이 없네
모두가 그 아픔, 나름대로 보듬고 사네

살펴보면
한 조각 기쁨도 없이 사는 사람도 없네
모두가 그 기쁨, 소중히 끌어안고 사네

모두가 부끄러움 한 줌씩은 있고
자랑스러움도 한 움큼씩은 가졌네

아픔도 기쁨도 살기 때문에 일어나고
부끄러움도 자랑스러움도 사는 과정에서
나타나는 것 아닌가

이제 그러려니와 친구하며 살고 싶네
내 인생
기대할 것도, 낙심할 것도 없다면

내게 만나지는 모든 일들을 사랑하고 싶네

누구도 태어나고 싶은 의지로 태어나지 않았다면
태어나게 하신 분은 위대하고
내 인생도 소중하네
한평생 아픔은 치료하면서 살고
기쁨은 누리면서 살다 보면
나를 태어나게 하신 분의 뜻
그 귀한 뜻을 찾아낼 수 있지 않을까

비 내리는 새벽

얌전하게 비가 내린다
바람 한 점 없어 직선으로 내리는 가랑비
갓 시집온 새색시가 시부모님 앞에서처럼
정원수 위에도 간지럽게
화단의 화초들 위에도 다정하게
달콤한 대화처럼 보슬보슬 내린다
조곤조곤 안방에서 나누시던 부모님의 대화처럼

그때 그 희미한 등잔불 아래서
아버지, 어머니는 무슨 이야기를 나누고 계셨을까
천직인 농사 걱정을 하고 계셨을까
큰놈 장가보낼 걱정을 하고 계셨을까
작은놈의 학비 걱정도
예쁘게 자라는 고명딸 이야기도
빼놓지 않았을 것이다

지금은 지난 이야기
부모님은 우리 곁을 떠나 하늘의 별이 되셨고

우리는 어느새 그때의 부모님 나이가 되었다

가랑비가 그리움을 불러오는 새벽
부모님 생각에 빗소리가 달짝지근하다
저렇게 밤새도록 내렸겠지
이야기 나누시던 것처럼
아버지, 어머니 정 나누시던 것처럼

가랑비 내리는 새벽이 경건하다

5월의 화단에서 묵상하다

꽃이 주는 향기 맡으며
왜 우리는
우리가 그리스도의 향기임을 모르는가(고후2:15)

꽃이 나타내는 아름다움을 보면서
왜 우리는
우리가 세상의 빛임을 자각하지 못하는가(마5:14)

꽃이 보여주는 조화를 보면서
왜 우리는
서로 사랑하지 못하는가(마5:44)

하나님이 입히시는 꽃을 보면서
왜 우리는
무엇을 먹고 입을까, 염려하는가(마6:29)

5월의 화단에는 흐드러졌다
하나님의 뜻을 표현하는 꽃들이

소만小滿 무렵

한편에서는 청보리 이삭이 익어가고
밤이 이슥하도록 개구리의 합창을 들으려고
또 한편에서는 논에 넉넉히 물을 대어
모내기를 준비하는 계절

본격적으로 여름 기운이 치고 올라와
만물을 무럭무럭 성장케 하는
진초록으로 달려가는 계절

농부는 바쁘고
세상은 화사하다
온통 꽃으로, 향기로 채운 계절
이제 뜨거운 열정을 뿜어낼 때가 왔음을
하늘도, 땅도, 그 안의 모든 생물도
온 몸짓으로 표현한다
우리도 분발하여야 하리

약동하는 계절이다
소만小滿

황혼녘 산책길

기적을 울리며 달려오던 내 소년시절의 기차처럼
황혼녘에 공원길을 걸으면
오래전에 떠난 친구의 우수 서린 얼굴로
아스라한 전설처럼 신비하게
멀리서부터 찾아오는 그리움들이 있다

우리는 그리움을 잉태하기 위하여 사는가
그리고 그것을 누리기 위하여 사는가
어둠이 산을 타고 내려오는 즈음엔
더욱 간절해지는 그리움
지는 노을이 곱게 느껴지는 수묵화

떠날 계절이 다가온다는 인식이 선명할 때면
나를 보내고 안타까워할 사람은
얼마나 될까
문득문득 나를 그리워할 사람은
부질없는 생각에 눈시울이 노을처럼
붉어진다
뜨거워진다

시인이여
한평생을 소풍으로 노래하고 떠났던 시인들이여
돌아가는 당신들의 발걸음은 가벼웠는가
아쉬움은 없었는가

나는 내게 주어진 나머지 생애를 아끼고 싶다
서두르지 않고 조곤조곤 걸으며
그리워지는 것들을 그리워하고
그리워지는 사람들을 그리워하련다
아직 내게는 그리워할 시간이 주어져 있다

그날이 언제 이를까, 모르지만
지금도 사랑할 일이 남아 있고
내게는
아직도 사랑을 나눌 사람들이 있다
기꺼이 나는 그 길을 밟아가리라
그날에 아쉬움을 줄이기 위해서라도

오순도순 살아라

우리 어머니, 아버지
우리 5남매를 두고 떠나셨네
오순도순 우애하며 살라고
분부하고 떠나셨네

오순도순하게 살아야 할 우리 형제가
뿔뿔이 흩어져 살더니
하나가 먼저 아버지나라로 국적을 옮겼네
이제 4남매
살아가기 버겁다고
1년에 한 번도 만나기 어려운 세상을 사네
오순도순이 우왕좌왕이 되고
아기자기가 뒤죽박죽이 되고
자기 가족끼리는 알콩달콩 살까
자식 키우느라 좋은 세월 다 보냈다고
세월을 탓하며
세월만 보내네
어쩌면 우리도 떠나면서 이런 유언을 남길까
너희는 오순도순 살아라

내 우산 속으로

내 우산 속으로 들어오신 아버지
소 몰고 쟁기질하시네
새참을 이고 오시는 어머니는
삼베적삼에 땀이 배이고
깨복쟁이 친구들도
들랑날랑하면서 오지게 늙어가네

산책하는 사람도 없고
걷기 운동하는 사람도 쫓겨난
비 내리는 솔밭공원
내 우산 속엔
자욱한 솔향기
비를 피하여 들어오는 사람들로
외롭지 않네

터벅터벅 걷는 걸음에
그리운 세월이 뒤따르네

누이동생의 잠

누이동생이 새우잠을 자고 있다
오라버니 노릇도 제대로 못 한 내게
오라버니 대접을 한다고
훌쩍 고희를 넘긴 나이에 제 침대 내게 주고
자신은 거실에 자리를 펴고 잔다
저 잠이 포근할까
남편을 먼저 떠나보낸 저 가슴엔 무엇이 남았을까
외로움을 요로 깔고
허전함을 이불 삼아 덮었으니
밤마다 뒤척이다 잠든 날이 벌써 얼마인가
그리워해도 잡히지 않는 환영을 끌어안은
저 구부러진 잠이여
누이동생의 새우잠에 안개가 내린다
쓸쓸함이 덮인다
떠난 사람과의 달착지근했던 추억의 위로마저 없다면
어떻게 오뉴월에도 파고드는 냉기를 견딜 수 있었으랴
베개를 베었는지, 끌어안았는지
숨소리만 가냘프다

동생아, 사모함으로 견디어내자
평안의 잠옷을 입고 바르게 누워 자자
한잠 푹 자고 나면 새벽이 오듯
그날도 다가오리니
사모하는 사람들이 맞을 환희의 날은 언제일까

망종芒種

농번기 방학이 있었던 시절
물 떠다 줄 사람만 있으면
차라리 염병을 앓고 만다는 보리베기 작업
그 시기에는 어찌 그리 날도 자주 궂었는지
벼락치기로 탈곡까지 하지 않으면
보릿단에서 싹이 났었네

보리 거둔 논을 즉시 갈아엎어서
모내기를 해야 하는 시기는
일손이 부족하여 부지깽이도 써먹는다는 말이 있었네
얼마나 바쁘고 일손이 부족했으면
학교는 한 주간 농번기 방학을 했을까
그래도 이 시기를 넘기면
그 높은 보릿고개를 넘어 한시름 놓을 수 있었네

푸른 산골짜기마다 밤꽃이 향기를 토하면
여인들은 바람나기 좋았고
산수국이 청아하게 피어나서

여름 정취를 유감없이 드러내던 절기
망종에는 땀 흘리는 수고가 많아야 했지만
풍성한 곡식을 기대하는 소망도 풍성했네
무더운 여름은 이렇게 시작되었네

모든 꽃의 아름다움

야생화라는 이름으로 불리어지는
초야의 오밀조밀한 꽃들이여
너희가 탐스러운 장미나 국화보다 더 고운가
아니다
너희는 그 자리에서 그렇게 피어서 그냥 곱다
때로는 잡초라는 이름으로 불리어지지만
화단에서 자라지 않아서 너희는 곱다
송이가 크든 작든
너희의 색깔이 희든 붉든 아니면 보라색이든
이른봄에 눈을 녹이며 피든
여름철 아니면 낙엽 지는 늦가을에 피든
너희는 너희대로 피어서 곱다
비교하지 말라
편견을 갖지 말라
그리고 자세히 보라
관심이 곧 사랑이요, 아름다움이 아닌가
너희를 피어나게 하시는 분이
이 땅 구석구석에 너희로 아름다움을 수놓았나니

함박꽃은 함박꽃대로
제비꽃은 제비꽃대로
그 자리에서 그렇게 곱다
우리가 그렇지 않은가

유월의 바다

산에 전개되는 바다
유월의 바다
푸른 바다

아카시아꽃이 나룻배처럼 피고
고기잡이 나선 어선처럼
촘촘히 해당화를 피워낸
너른 바다

출렁이는 파도
무한한 시원始原
무엇을 꿈꾸는가

숲을 보라
알을 품은 새처럼
멧새들을 품고

보채는 아이를 가슴에 안고

잠재우는 엄마처럼
바람을 안고

경건을 숨쉬는
아늑한 그리움의 고향
유월의 바다

잠을 빼앗긴 밤

글 쓰기도
남의 글 읽기도
심드렁한 날 밤에는
잠도 오지 않아 커피를 타 마신다
오만 가지 생각이 이때라 여겼는지
추억이라는 이름으로 찾아오고
그리움이라는 이름으로 가슴을 태운다
어쩌란 말인가
나 혼자 독차지한 밤을
잠도 빼앗아가지 못하는 나의 밤에
달빛이 조요하게 내리고
풀벌레 소리만 자욱하다

자벌레

네 생애도 나그네인 것을
뭘 그렇게 길이를 재면서 가느냐
꼬리를 가슴까지
붙였다, 떼었다를 반복하면서
한 뼘씩 한 뼘씩
나그네길을 재면서 가는 너
지금까지 걸어온 길이 얼마더냐
앞으로 나아갈 길은 또 얼마나 되겠느냐
부질없는 짓이려니
해 지면 고요하게 다가오는 오늘 밤은
가던 길 어디서 멈추고 쉬려느냐
너는 정처없이 나와 같은 길을 가고
오늘도
나는 부지런히 네 닮은 길을 가는구나

하지夏至

제로섬 게임인가
밤의 길이가 가장 짧아지니
낮의 길이가 가장 길어졌다
이 본격적인 여름의 중심에서
옛 농부들은
무논에 발을 담그고 살아야 했지만
따가운 볕을 피하여
이따금 불어오는 바람을 맞으며
모정에 누워 잠자는 시간도 있었다

요염한 장미와 모란과 해당화 꽃잎이 시들하면
개망초가 지천으로 피고
아카시아꽃 향기가 꿀벌을 부르는 계절

짙푸른 산야에서 뻐꾸기가 울면
울컥울컥
고생만 하시다 가신
부모님이 그리워지는 계절

밤이 짧아졌지만
낮 동안 수고하고도 그 밤을 더위와 겨루던 시절
마당에 멍석 깔고 모깃불 놓아
모기 쫓으며 부채질하던 추억의 계절

갑자기 속이 허출해진다
하지감자 쪄 먹을까
가루 만들어 부침개 만들어 먹을까

사랑이 좀더 간절하기를 원한다면

사랑이 좀더 간절하기를 원한다면
간격을 두고 생각하여라
깊이 생각하여라
조금 떨어진 자리에서
조급하지 않게 여유를 두어라

낮은 데로 내려가서 바라보아라
과연 그에게 사랑할 가치가 있는가
그에게서 무엇을 얻을 수 있느냐보다
먼저 생각할 것은
나의 모든 것을 그에게 바칠 수 있는가
그의 약점을 내가 도울 수 있는가

높은 데로 올라가서 내려다보아라
내 감정이 변하지 않을 것인가
내 사랑이 진정한 것인가
순간적인 충동이 아닌가
사랑이 좀더 진지하기를 원한다면

우리가 정말 행복을 원한다면

시詩는 혼자 읊을 수 있네
노래도 혼자 부를 수 있네
그러나 혼자는 할 수 없는 것
반드시 그대가 필요한 것
밤이 이슥한 잠자리에서도
새벽잠을 깨우고 일어나서도
반드시 그대가 필요한 것은
당신을 이해한다는 대화
당신을 사랑한다는 대화

그리고 필요한 것은
그 대화가 끊기지 않게 하려는 노력
들어주어야 하는 인내와 배려
인정해주려는 관심과 관용

정말 우리가 사랑한다면
혼자 읊는 시보다, 혼자 부르는 노래보다
함께 부르는 노래, 함께 읊는 시
그것이 필요하네
우리가 정말 행복을 원한다면

공원길을 걸으며

그리운 사람 그리워서
외로운 나그네로 찾아왔더니
기울어진 나를 어린아이 미소로 반겨주는 동생
칠순의 나이로 팔순 노인 돌보러 나간다네
우리가 언제부터 이렇게 되었지
야금야금
내 젊음에 친구처럼 드나들더니
어느새 나를 점령한 세월의 흔적
내 이럴 줄 알았지
우물쭈물하다가 당했다는
옛사람의 능청스런 유언이
실소를 금할 수 없게 만드네
나도 지금 우물쭈물하고 있고
그가 갔던 길을 끌려가고 있네
그래도 아직 살았으니 걸어야 하고
생각해야 하고
반성해야 하고
위를 바라보아야 하네

외로운 사람은 더 외로우려고 생각하고
그리운 사람은 더욱 그리워하며
공원길을 걷네
휘청거려 더 이상 걷지 못할 때까지
이 길 걸어야 하네
내 앞에 심겨진 나무들을 보며
풀꽃을 내려다보며
하늘을 우러러보며
답답하지 않으려고 걸음 옮기네
해는 저녁을 향하여 기울어가고

우산을 쓰고 걸으면서

기분이 맑아진다
우산을 쓰고 걸으면

가랑비 내리는 날
우산 없이 비를 맞으면
누구에게는 초라하게 느껴질까 봐
우정 우산을 받쳐 들고 멋을 챙긴다
누가 같이 받자고 들어오진 않지만
항상 한쪽을 비워두는 것은
누군가 들어올 수 있다는 여유다

이런 땐 시급히 가야 할 목적지가 없어야 한다
배회하는 걸음이 좋고
방황하는 모습으로 비치지 않는 게 좋다
그렇다
인생이란 이렇게 혼자 걷는 길
시급히 지금 가야 할 목적지 없이
이미 정하여진 목적지로 가는 외길

가랑비 내리는 날에
우산을 쓰고 걸으면
차분해지는 마음
내가 가는 길이 훤하다

소서 小暑

7월을 시작하면서
본격적인 더위와 맞부딪치게 되네
게으른 사람은 매미 소리에 아침을 깨지만
부지런한 사람은 논두렁 한쪽을 깎고 조반을 먹네
장마전선이 걸쳐 후덥지근하지만
입맛은 살아 애호박의 단물이 그리워지는 계절
민어고추장국의 얼큰함을 그리워한다면 사치일까
삼복더위 견디어내기 위한다면
별미로 삼계탕도 괜찮을 것 같네
한낮에 낮잠 한숨 자는 것이 보약 한 첩 같아
나른하면서도 개운하네
논에는 심겨진 모가 무럭무럭 자라 푸르고
밭에는 푸성귀가 풍성하니
사방을 둘러보아도 산과 들
온 산천이 빼놓은 곳 없이 초록이네

나 바다에 가고 싶네

나 바다에 가고 싶네
이렇게 무료한 날에는

나 바다에 가고 싶네
밀려오는 파도가 펼쳐지는 바다

나 바다에 가고 싶네
가서 그 너른 바다를 가슴에 품으려네
하늘을 닮아 맑고 푸른 바다
거기에 돛단배를 띄우고
바다 끝까지 항해하고 싶네
조금 더 먼 곳을 바라보며
하늘나라에까지 이르고 싶네

나 바다에 가고 싶네
물새처럼 훨훨 날아서
자유스런 세상을 살고 싶네
나 오늘은 바다에 가서

역사를 속이려는가

역사를 속이려는가
잠시 왜곡시킬 수 있을지 모르지만
역사는 성경 다음의 진리
하나님의 뜻이 고스란히 담겨져 있다
흘러간다고 없어지겠느냐
지난 일이라고 지워지겠느냐
진실을 감추려고 자살시키지 말고
허물을 감추려고 회유하지 말라
속일 수 있으려니 착각하지 말고
지나가면 모두 잊어버리려니 지레짐작하지 말라
역사는 살아 두 눈을 부릅뜨고 있다
거짓을 붙들지 말고 욕심을 버려라
돈과 명예와 권세는 한낱 허무한 것
아무리 돈을 좋아한다고
아이들의 시신 팔아 효도한 것 만들지 말고
권력 쥐기 위하여
아이들을 죽음으로 몰아넣지 말라
술잔 앞에 놓고 고맙다고 할 일은 아니다

시퍼렇게 산 역사가 흘러가고 있나니
진실을 밝히 드러낼 때를 겨냥하고 있나니
예리한 칼날 같은 역사가
심은 대로 거두게 하나니

휴전협정

무더위와 싸우고 싶지 않은데
그와 화목하기는 더 어렵네
때때로 분노가 일어 맞서 싸우자니
전선이 따로 없는 싸움이요
저들의 화력을 대항할 수가 없네
내게는 공격용 무기는 없고 오로지 방어용 무기뿐이라
부채질로 바람을 일으키는 일은 성에 차지 않고
과학의 힘을 빌려 선풍기나 에어컨 바람을 쐬든지
시원한 계곡이나 푸른 바다로
피서를 떠나는 길밖에 없네
그렇지만 그게 항구적인 방도는 아니지 않은가

임시방편으로 승리를 장담할 수 없는 일
차라리 항복을 할까
한편으로 그런 생각도 들지만
그것은 비겁하고 내게 비참하다는 생각이라
그럼에도 확확 달아오르는 열기와
흐르는 땀을 주체할 수 없어

어차피 승산이 없는 싸움
내가 전의를 상실하여 휴전을 제의하고 싶어도
그리하여 저들의 무자비함을 피하고 싶어도
믿을 수 없는 저들의 교활한 행동
밤에라도 같이 쉬자는 제의를 수용하는 체하다가
태양열이 빗겨 가는 저녁 무렵에
기습적으로 공격할 수 있는 저들의 속임수
열대야의 공격도 수없이 당했지
야간전투에도 능한 저들

정말 나는 견디기만 해야 하는가
대책 없는 현실이 아쉽기만 하네
어차피 참고 사는 것이 인생이라니
저들의 사악함을 역사가 증명해 줄 때까지
참아야 할 것인가
참다 보면 시간은 흐르고
드디어 찬바람이 불지 않겠는가
그때에 역사는

"그 여름철의 더위는 찜통 같았다."고 고발하겠지
그래서 어쨌다는 거야
아무 일도 없었다는 듯이 세월은 계속 흘렀네
누가 먼저랄 것도 없이 휴전협정은 맺어졌지만
여름철마다 무자비한 무더위와의 전쟁은
또다시 일어나곤 했네

허울좋은 휴전협정 맺어놓고
경계는 절대 소홀히 할 수 없는
어떤 민족의 전선처럼
무더위와는 화목하기 어려운 계절

넝쿨장미

밖에 나가
이어달리기라도 하듯 울타리를 타고 피어 있는
넝쿨장미를 보고 들어와서
넝쿨장미가 참 곱다,라고 써 놓았다

다음에 또 넝쿨장미를 보고 와서
이번엔
어머니가 참 보고 싶다고 써 놓았다

우리 어머니는 넝쿨장미를 좋아하셨다
화사한 색을 좋아하셨던 어머니
그래서 그런지 나도 화사한 것이 좋다

다음에 또 넝쿨장미를 보고 와서
나는 이렇게 썼다
어머니를 뵙고 왔다

대서 大暑

연중 무더위가 가장 폭발하는 대서大暑 절기
7월의 막바지에 오네
장마는 끝나는가, 이어지는가
삼복더위의 중심에 있네

더위를 식힌다고 찬 음식만 좋아할 수 있는가
팥빙수가 유혹하네
오이냉국도 시원하지
우물에 수박 담가두었다가 꺼내먹던 맛
무엇보다 보양식으로는 삼계탕

덥다고 누워서 부채질만 할 수 없었던 시절
논밭의 김매기
땀 흘리며 잡초 베어 퇴비 장만하면서
내년 농사를 준비하기도 했지

계곡으로 나아가 계곡물에 발 담그고
한가로이 떠도는 흰구름 바라보기도 하고

나무 그늘에 누워 매미 소리에 잠들기도 하며
무더위에 게을러지기도 했지만
부지런을 떨지 않을 수 없었던 시절
한여름이 그렇게 거기에 있었지

매미 소리

날씨가 무더워지니
매미의 목청도 높아진다
날씨가 뜨거워지면
열정도 뜨거워지는가

짙푸른 나무, 그 어딘가에 앉아
하염없이 사랑을 호소하는 매미여
얼마 남지 않은 생애에
온 힘을 모아 외치는 네 부르짖음이
처량하구나
애절하구나

그 누가 네 부르짖음이 시끄럽다 할지라도
너는 개의치 말고 외쳐라
목이 터지도록 외쳐라
짝을 찾는 사랑은 참으로 위대한 것
조만간 떠나야 할 네 생애가 아닌가

은경이

내 조카 은경이는
임종이 가까워오면서 말씀을 못 하시는
아버지에게 볼펜과 백지 한 장을 내밀어
아버지의 임종어를 받아냈던 은경이는
이미 글씨조차 쓸 줄 모르게 된 아버지에게서
글씨도 아닌 글씨를 받아들고 오열했던 은경이는
지금도 그 글씨를 가슴에 품고 다닌다
누구도 알아보지 못하는 글씨지만
은경이는 알고 있다
시집 잘 가서 잘 살라는 뜻이라 한다
역사적으로 가장 위대하고 존경하는 인물이
자기 아버지라고 고백하는 은경이는
세상에 알려지고 자랑스런 업적을 남긴
어느 누구보다
아버지의 온유하신 모습이라고
그 모습 간직하고
그 모습 보여주신 대로 살겠노라고
누구도 알아보지 못하는 글씨로 써 주신
그 유언서를 품고 산다
이제 슬픔도 어느 정도 가라앉았지만
아버지에 대한 존경심은 온몸으로 끌어안고 산다

폭염과 장마

폭염과 장마는 전혀 닮지 않은 것 같지만
불청객이란 점에서
여름철에는 새신랑, 새신부처럼 잘 어울린다
그들은 평소에 함께하지 않는다
폭염이 지상을 점령한 날에는
멀찌감치 돌아누워 있는 장마
폭염이 스스로 지쳐 넘어질 무렵에
기회를 포착하고 쳐들어오는 장마
그들은 화력과 물폭탄으로
사람이 얼마나 교만한가를 시험한다
자연을 얕보는 구석이라도 보이면
여지없이 그 위력을 쏟아낸다
사람이 두 손을 들 때까지다
핏물 같은 땀방울을 흘리게 하고
산천을 갈기갈기 찢어놓고 더러 생명까지 앗아간다

그러나
시련 앞에서 눈물을 흘리며

자신들의 연약함을 토로할 때면
살그머니 땡볕을 거두고
서늘한 바람으로 물폭탄도 밀어내며
양식을 마련해 준다
땅 위의 식물들에 익은 곡식과 열매를 달아준다
흰구름 떠가는 파아란 하늘을 창문처럼 열어주며
잘 참으며 수고한 사람들에게 감사를
겸손한 사람들에게 존귀를 안겨준다

의자

나는 너를 보면 앉는다
주저함 없이
미안한 마음 하나 없이
내 둔중한 몸을 내려놓는다
그리고 마음의 평안함까지 누린다

나를 말없이 받아주는 너는
인내의 달인이더냐
희생의 화석이더냐
남의 무게를 기꺼이 품어주는 너는

이제야 네 마음 자세를 알게 되었으니
나도 네가 되고 싶구나
어디든
피곤한 사람이 서 있는 그 곁에서
묵묵히 너이고 싶다

나를 깔고 앉아

잠시 눈을 붙이고 잠들어도 좋다
환한 내일을 꿈꾸어도 좋다
험한 세상이라고 투정을 해도 좋다
나는 나를 의지하고 앉은
그 자유를 간섭하고 싶지 않다

오라
어차피 세상은 잠시 쉬었다 가는 곳
서두를 일도 없으니 분주할 이유도 없잖은가
세상은 그래도 피곤하게 하는 곳
누구든지 와서 앉았다 떠나라
다만 나는 거기서 침묵의 너이고 싶다

제3장

입추立秋

느티나무 그늘

산에 오르고 싶다

세월열차

밤바다

처서處暑

참새

내 그리움의 세월

적개심

삼각산 계곡

백로白露 절기를 맞으며

어느 늙은이의 가을

어딘가로 떠나고 싶어

발자국 소리

사랑에 대하여

추분秋分을 지나면서

겨울을 예비하는 계절

가을이 좋은 이유

내 인생의 가을

조곤조곤 내리는 가을비

한로寒露 절기에

구름 나그네

세상은 살아 있는 사람의 것이라네

더 늦기 전에

우아한 마무리

상강霜降 무렵

아내의 생일

가을은 나에게

시월 그믐날

무릎을 탁 칠 수 있는

입추立秋

무더위가 가시기 전에
가을이 서네
곡식을 익히기 위해서는
뜨거운 열기가 아직 더 필요한데
가을이 서두르네

서두르지 마라
가을을 몰고 오는 바람이
때가 되면 오죽 불지 않겠느냐

서두르는 계절이나
버티는 계절이나
한 치의 양보도 없는 것 같은데
어찌 순리를 거스를 수 있겠느냐

가고 오는 것이 어찌 계절뿐이랴
올 사람 차례 기다릴 때
떠날 사람 순서 기다리고 있지

순리를 따르며 서두르지 말자

입추가 되면
오죽 알아서 시원하랴
오죽 알아서 익어가랴
오죽 알아서 생각이 깊어지랴

느티나무 그늘

당신은 느티나무
이렇게 뙤약볕 작열하는 날에는
나는 그 그늘 아래 눕고 싶습니다

당신은 가지를 왕성하게 편 느티나무
그 그늘 아래가 아늑합니다
거기서 생각하는 당신은 포근합니다

당신의 팔을 베개 삼아
그 품에 안기고 싶습니다
성난 파도와 폭풍을 잠잠하게 하는
당신의 품
내 걱정과 근심을 잠재울 것입니다
두려움과 외로움을 멀리 떠나보낼 것입니다

나는 그 품안에서 잠들고 싶습니다
거기서 당신의 보호로 안전을 누리고
평안과 안식에 참여하고 싶습니다
설렁설렁 바람이 불어옵니다
느티나무 아래로

산에 오르고 싶다

산에 오르고 싶은 때가 많다
그가 언제나 제자리에 서 있음이 믿음직스러워서다
나무들과 새들과 짐승들과 벌레들
끌어안고 키우는 자애로움

나는 정복하기 위하여 산을 오르고 싶진 않다
오히려 안기고 싶어서이다
푸른 계절에는 내 청춘을 노래하고
조락의 계절에는 내 인생을 관조하며
만물을 지으신 분을 찬양하리라

나는 꼭대기를 향하여 오르지만
정상에 서고 싶지는 않다
8부 능선이면 족하다
다 이루었다고 교만하기보다는
내 인생이 영원으로 오르려는
끊임없는 노력으로 점철되기를 원한다

한 마리 짐승으로 살다가
한 마리 새로 노래하다가
한 마리 벌레처럼
바람의 지나침같이
흔적 남기지 않고
넉넉한 산의 품에 안기고 싶다

세월열차

세월열차는 누구에게나
내리는 곳이 종착역이네
나보다 먼저 내린 친구들
아직 함께 타고 가는 친구들
서로가 궁금하네
우리는 어디서 내릴까

천천히 가지만 쉬지 않는 열차
지나고 나면 참 빠른 열차
뒤돌아갈 수 없는 열차
어디로 가는 걸까
지혜로운 사람만 아네

밤바다

먹물 머금고
짜디짠 마음 가눌 수 없어
하현달만 올려다본다
비춰주는 정기精氣를
허기진 암쾡이처럼
날름날름 받을 때마다
은백색 사연만 반짝이는 바다

누가 알랴, 그 사연
파도로 밀어보내는 밀어密語
달빛에 미끄러지며
방파제에 이르면
더는 범할 수 없어
부서지고
밀려와 부서지고
또 부서져 쌓이는 파편들
바삭바삭 바스러지는 낙엽처럼
나그네 가슴 깊이
그리움으로 내려앉는다

처서 處暑

한자 풀이로는 더위를 처분한다는 이름의 절기
땅에서는 귀뚜라미 등에 업혀 오고
하늘에서는 뭉게구름을 타고 온다는 절기
한낮에는 여전히 무덥지만
아침 저녁으로 선선한 바람이 부는 계절
농촌에서는 모처럼 호미씻이도 끝내고
한가한 때를 맞이할 수 있는 계절
논벼가 서서히 익어가면서 풍요를 기대하는 계절
따가운 햇볕이 누그러지면서
초목이 더 자라지 않는다기에
논두렁의 풀도 깎지만
무엇보다 조상님들의 산소를 찾아 벌초를 하며
효성을 표현할 수 있었던 계절
낮에는 장롱을 열어 장마에 젖은 옷을 말리고
좀이 슬지 않도록
학자들은 햇볕에 말려 책을 아끼던 지혜
처서가 지나면 모기도 입이 비뚤어진다 했으니
열대야 현상에서 놓임 받고

편안한 잠자리에서 풍요를 꿈꿀 수 있으려나
정녕 무더위 몰아내고 가을이 성큼성큼 다가오고
땀에 흠뻑 젖어 논밭에 엎드렸던 세월이 헛되지 않아
알알이 익어가는 곡식과 결실에 감격할 차비를 해야지
좋은 꿈, 아름다운 생각으로 사색의 푸른 강을 건너야 하리

참새

시골에서 보던 참새는
벼알을 까먹는 얄미운 새
잡을 수만 있으면 잡아서
참새구이 해 먹던 새

서울에서 보는 참새는
반가운 새, 귀여운 새
서울에서 뭘 먹고 사느냐
걱정까지 되는 새

내 그리움의 세월

말없이 흐르는 것이 세월이지만
세월이 무심한 것은 아니네
만나고 헤어지는 인간사에서
하나씩, 하나씩
그리움을 가슴에 새겨주고 있네

홀로 남았을 때
밤이 깊어갈 때
외롭다고 느껴질 때
수시로 불러내라고
언제든지 불러내 그리워하라고
저장해 두도록 하네

하나씩, 하나씩
내 노년을 위하여
잉태하는 그리움마다
때 맞추어 찾아오도록 준비해주는
내 그리움의 세월이여

적개심

내 안에 있는 적개심
그것이 얼마나 대단한가 하는 것은
모기를 잡으려는 행동을 보면 안다

한밤중에
내 연약한 살결의 어느 한 부분이 따끔하면
잠이 깨질 때가 있다
이어지는 견디기 어려운 가려움
분노가 치밀어오르면
이놈을 잡고 나서 다시 자겠다는 각오가 서고
불을 켜면 요행히 그놈의 나는 모습이 눈에 띈다
이놈을 그냥 박살내겠다고
조심조심
온 정신을 집중하여 양팔을 벌리고
온 힘을 모아 양 손바닥을 마주쳐
딱!
증오심과 적개심이 모여진 한밤의 작전
살짝만 맞아도 으깨어질 녀석을
왜 그렇게 온 힘을 다 모아 때렸는가
얄밉게 그 녀석은 날쌘 동작으로 날아가고
내 손바닥만 아프다

삼각산 계곡

삼각산 계곡
이른 새벽, 물소리 끼고 앉으면
세월 흐르는 길이 보인다
굽이굽이 그침없이 내려와
무정하게 흘러가는 세월

오늘처럼 장맛비 갠 날이면
그 위세가 더욱 당당하다
좀 쉬었다 갈 수 없느냐
여기 공기도 맑고
꽃과 나무와 새가 어우러져 있으니
잠시 쉬었다 가면 안 되겠느냐

희로애락의 앙금
세월에 깎인 내 앙상한 가슴에
퇴적물처럼 쌓여만 가고
여전히 흐르는
유구한 물줄기는 차갑게
뒤돌아보지도 않는다

백로白露 절기를 맞으며

풀잎에 이슬이 맺힌다는 백로 절기
추수의 계절로 한 걸음 다가가네
아침 저녁으로 제법 선선한 바람이 부는데
곡식과 과일 익히기를 마무리하렴인지
한낮은 여전히 폭염이네
들녘이 황금빛으로 물들어가면
평상이나 멍석 위에 붉은고추 말리기가 십상이었지

매미 소리 잦아지면서
귀뚜라미의 울음이 우리의 정서를 자극하네
무엇으로도 그립고 보고 싶은 사람의 가슴을
저토록 저리게 할 수는 없으리

예전에는 여인네들이 추수를 앞둔
조금은 한가한 이 계절에 반보기를 했다지
요즘은 제아무리 바빠도 마음만 있으면
만나서 회포를 풀 수 있으련만
이런 사정 저런 사정 앞세우며 미루기만 하네

오늘도 지인 한 분이 세상을 떠났다는 소식이 전해지네
우리 모두 사명을 다하면 떠나야 하는
초로草露인생 아니던가

어느 늙은이의 가을

여보게, 가을이 좋긴 하네
우선 불더위에서 벗어났지 않나
조금만 더 지나치면 튀김 될 뻔했던 날씨
서늘한 밤을 기대했지만
여전히 땀 흘리며 밤잠을 설쳐야 했지 않았나
날강도처럼 달려들어 피 빨아가던 모기 꼴도 안 보고

여보게, 가을이 좋긴 하네
저 들판의 곡식들을 봐
뜨거워도 뜨겁다고 외침 한번 없이 참아내더니
저렇게 누렇게 익어가고 있잖아
배고팠던 옛 시절 생각하면 먹지 않아도 배부르고

여보게, 가을이 좋긴 하네
알록달록 치장하는 세상을 보게나
누가 저토록 곱게 칠할 수 있겠나
바라보며 내 눈이 황홀하네
떨어져 바람에 날리는 낙엽은 얼마나 자유스러운가

우리도 언젠가 그런 날이 오겠지만
서러워는 말세

여보게, 가을이 좋긴 해
목청 돋우며 들려주는 귀뚜라미 소리
어디서 그 청아한 음성을 들을 수 있겠나
마음을 맑고 평안케 해주는 노래

여보게, 가을이 좋긴 해
다양한 색깔과 맑은 소리가
조금 있으면 찬바람이 불 것을 예고해 주지 않나
그때 우리는 흰눈 내리는 거리를 걸으며
지난 세월을 관조할 수 있겠지
그때는 아마 힘들었던 고비, 어려웠던 시절도
고운 추억으로 그려볼 수 있을 게야

어딘가로 떠나고 싶어

나 어딘가로 떠나고 싶어
당신도, 아무도 없는 곳으로
숨죽이고 산다 할지라도
자유스럽게 그곳에서 살고 싶어

아무도 없는 그곳
개 짖는 소리도 없고
와글거리는 개구리 울음도 없는
그곳에서

나 혼자
그리운 마음도 없이
외로운 마음도 없이
잠들어도 좋지만
죽은 듯이 살아 숨쉬고 싶어

육신의 욕망도 죽이고
허접한 허물도 감추고

허튼 말도 삼가고
본연의 나로만 살고 싶어
그것을 만족으로 알고

아마 그곳이 천국은 아닐지 몰라도
지옥은 결코 아닐 거야

발자국 소리

나이 70을 넘으면
환청인가
차가운 발자국 소리가 들린다
검은 망토를 쓰고 다가오는
네 발자국 소리
해가 바뀔수록 더욱 또렷해지는
네 발자국 소리

나는 웨딩드레스에 면사포 쓰고
웨딩마치에 발맞추어
기력이 아직 남았으니
조금 천천히 걷고 싶다
물 건너 당신을 만나러 가는
내 발자국 소리

언제, 어느 지점에서 우리는
서로 얼싸안을까
당신은 웃을지라도

내 사모하는 마음은
울음을 참지 못할 것 같다

당신의 가슴에 안겨
함께 걷는 우리의 발자국 소리
어둠을 걷어낸 곳을 걸으며
무한히 듣고 싶은
당신과 나의 발자국 소리

사랑에 대하여

모두를 사랑하지 않으렵니다
모두를 미워하지도 않으렵니다
사랑할 것을 사랑하고
미워할 것을 미워하겠습니다

나를 주장하시는 이여
내 의지대로가 아니고
내 욕심대로가 아닌
당신의 뜻을 구별하는 능력을 허락하소서
그 은사로
사랑할 것에 확실히 가까이하고
미워할 것에 미련 두지 않고
원수처럼 멀리하게 하소서
어설프게 사랑하지 않고
어물쩍하게 미워하지 말게 하소서

추분秋分을 지나면서

조금씩, 조금씩
밤의 길이가 낮의 길이보다 길어진다는 것이 좋다
한꺼번에 주욱 길어지는 것보다
조금씩, 조금씩
낮보다 밤 시간이 길어지는 것이 좋다
조급하지 않고
서두르지 않고
성실하게 노력하여
실력을 조금씩, 조금씩 연마해나가는 것 같아서 좋다

밤이 조금씩 길어진다는 것은
낮에 활동을 많이 하는 사람에게
쉼의 시간을 늘리라는 뜻인가
생각할 시간도 없이 분요한 사람에게
사색의 시간을 늘리라는 뜻인가

본격적인 가을이다
오곡백과가 풍요로운 계절에
나는 내 속의 나를 찾기 위하여
길어지는 밤 시간을 아끼리라

겨울을 예비하는 계절

이보게, 밖을 보세나
겨울을 예비하는 계절이야
나무들이 오색으로 옷을 갈아입네
그리고 한 잎, 두 잎
바람에 저항하지 않고 잎을 떨어트리네
가을은 자신의 숙명을 익히 아는 거야
버틸 것이 따로 있지
여기까지 도달한 것을 감사하면서
흰눈이 펄펄 내리는 날
함께 즐기기 위해서
자신의 진면목을 보이고자 옷을 벗는 게지
눈 감고, 귀 막고 생각하노라면
삶이란 참 아름다웠지만
종잡을 수 없어 헤매이기도 한 세월이었지
그날을 위하여
허망한 외화外華 벗어버리고
그날의 환희를 위하여
우리도 지금은 마음 치장을 곱게 해야 하지 않을까

떠나 놓고 나서 뒷소리가 무성치 않도록
그것이 떨어질 것을 준비하는 일일 게야
숙연하게
종내는 떨어지기 위하여 잎을 낸 나무들처럼

가을이 좋은 이유

가을이 오면 반갑다
그러나 그전에 여름이 없었다면
내가 가을을 이렇게 반가워할 수 있을까

가을의 선선함은
여름의 후덥지근함을 지나서 느끼는 감촉이다

가을의 풍요는
뜨거운 여름에 성장한 것들의 익음 현상이다

가을의 아름다움은
화사한 여름철에 대한 반향이다
꽃들을 보라
여름의 열정은 모두가 화려한 자태를 뽐내지만
그래서 유혹의 시선을 느끼게 하지만
들국화나 코스모스는 은근하고 청초하다

같은 강물이라도 가을을 건너는 강물은 맑고 차분하다

하늘의 별빛은 어떤가
가을 하늘의 별빛은 더욱 그윽하고 영롱하다

여름의 매미 울음이 애절하여 따갑기까지 하다면
깊어가는 가을밤의 귀뚜라미 소리는
소년시절의 순수한 마음으로 끌어당긴다

이런 날에는 개울가에 앉아서 노래를 부를까
내 마음을 끌어가는 아이와 함께
밤이 새도록 소소한 이야기를 나누어도 좋으리라

내 인생의 가을

시월이 달력에서 간당간당하는 날
계절과 동무하러 북한산에 갔다
둘레길에 낙엽이 수북이 내려앉았고
지금도 소슬바람에 낙엽이 날리고 있다
알록달록한 계절의 색감이 손을 내밀지만
어쩌나
산길 걷기가 숨차다
지난봄만 해도 이러지 않았는데
몸엔 이미 가을이 왔나 보다
그러고 보니 한쪽 가슴이 시리면서
떠나간 순이도 떠오른다
아, 가을은
가슴에서 먼저 오는구나
내 인생의 가을

조곤조곤 내리는 가을비

비가 내린다
그 누가 가을비를 객쩍다 했는가
그리운 사람 그리워하라고
조곤조곤 내리는 가을비

젖은 마음으로
사진첩을 꺼내 눈으로 더듬는다
색깔은 변했지만 늙지 않은
그대의 청순한 모습
허망하게 세월이 흘렀구나

비에 젖어 흐르는
저녁나절
그리움 안은 가슴에도
조곤조곤 내리는 가을비

한로寒露 절기에

열대야로 잠을 설치던 때가 지났다
이제는 이불을 덮지 않으면
아침 저녁으로 으쓱으쓱 한기가 든다
풀잎에 찬 이슬이 맺히는 계절이 됐으니
노랑 국화가 향기를 그윽하게 내뿜고
야무지게 오곡은 여물어 가리라
이제 귀뚜라미 소리 잦아들고
겨울의 진객 기러기가 날아오기 시작하리니
떠나가신 부모님이 더욱 그리워지리라
나도 어느덧
떠나실 때 부모님 나이에 근접하고 있으니
추수를 준비해야겠다
심은 게 있으면 거둘 것도 있으려니
아, 가을 하늘과 내 마음이
맑은 우물물처럼 깊어가고 있구나

구름 나그네

흰구름 흘러가는 곳, 너는 아느냐
너는 아느냐, 먹구름 흘러가는 곳
멈춘 듯 흘러가는 그 마음을
어디서 쏟아낼까, 그 울분을
바람결에 떠돌며
어디로 가는지 종잡을 수 없는 너는
어떤 아픔을 부여안았는가
그 가슴앓이를 누가 알겠는가
구름 나그네

표표히 흘러가다
어디선가
자신도 모르게 종적을 감추는 너는
그래도
허무는 말하지 말라
서글픔을 노래하지 말라
흘러가는 그 시간의 자유
성숙되어가는 그 인고를 즐기라
구름 나그네

세상은 살아 있는 사람의 것이라네

세상은 살아 있는 사람의 것
숨을 멈춘 사람에겐
단 한 평의 땅도 허락지 않는다네

세상은 살아 있는 사람의 것
의식이 없는 사람에겐
누가 만드신 것인 줄 모르는
잠시 빌려 쓰는 좁쌀만한 땅이 자랑이라네

세상은 살아 있는 사람의 것
감각이 없는 사람에겐
온 땅이 황무지일 따름이라네
꽃이 피고 새가 노래해도 찬송할 줄을 모르네

세상은 살아 있는 사람의 것
그가 진정 살아 있다면
내 숨이 어디서 왔으며
우주 만물이 누구의 것인가를 안다네

그가 만약 온유하다면
땅을 기업으로 차지하고
온 우주를 가슴에 품을 수 있다네

그가 만약 겸손하다면
하늘을 보고 세상을 둘러보며
거룩한 분에게 무릎을 꿇을 수 있다네

더 늦기 전에

코발트빛 하늘을 보라
더 높아져서 눈을 빨아들이고
더 깊어져서 마음을 받아들인다
풍덩 빠지고 싶은 호수

들로 나아가라
넉넉하면서 겸손하고
머리 숙여 감사를 전한다
황금빛 풍요

산에 오르라
한껏 자랑하되 서로 어울리고
서늘한 바람에 나부끼는
찬란한 오색

바다는 넓고 그 가슴은 맑다
하늘을 닮고 싶은 마음
멀리멀리로 따라가 보면

하늘과 입 맞추는 사랑

더 늦기 전에 밖으로 나가자
거기에 짧지만 긴 여운이 있나니
곧 떨어질 가을

우아한 마무리

지는 해도 바다에 잠기기 전에는 온 힘을 내뿜어
하늘까지 붉게 물들이네

나무들은 옷 벗고 찬 바람 맞기 전에 한껏 멋을 내보지
알록달록 갈아입은 옷차림이 색동옷 입었던 시절같이
바람아, 잠시 멈추어라
내버려두어도 때가 이르면 스스로 벗으리라
그 화사한 옷

밟히면 바스락 바스락 제 목소리
노래처럼 위로 올려보내는 낙엽
이 또한 아름다운 마무리 아니겠느냐
봄, 여름 동안 감당한 사명의 소리
조용히 마음 가다듬으며 땅으로 돌아가는 순응

이보게
시간이 다가오면 오죽이나 미련 없이 떨어지랴
잠기기 전에 지는 노을처럼

떨어지는 알록달록한 마른 잎새처럼
이렇게 가는 것이라고
잡은 손 살며시 놓으며
온 힘 모아 미소 남기세

상강霜降 무렵

서리가 내리는 계절이다
아침 일찍 일어나면 초가지붕에도
길가의 풀잎에도
새하얗게 서리가 내려 있었다
그러면 몸도 그랬지만 가슴이 더 스산해졌다
호젓한 산비탈에 들국화가 청초하게 피고
우리가 걷는 길섶에 코스모스가 하늘거리면
잎사귀 떨어트린 나무에 열린
감들이 꽃보다 예쁘게 붉었다
가을이 슬며시 깊어진 것이다

만물은 모두가 깊어지면 정리를 준비해야 한다
갈대밭에 물안개 피어오르면
강물 위를 나는 새도 을씨년스러워 보이고
오색 단풍이 산야를 수놓으면
서걱이는 억새도 말라가는 줄기에 흰머리를 단다
정신없이 바라보며 황홀경에 빠져들어도 좋지만
추수도 마무리해야 한다

성큼성큼 겨울이 다가오고 있는 것이다
나무들은 곧 고운 잎을 떨어트리고
화사함을 자랑하던 꽃들도 시들 것이다
그렇게 한 해를 마무리하라고
겨울은 동무처럼 우리 곁으로 찾아올 것이다
조급해할 일은 아니지만
고희도 훌쩍 넘겼으니
이제는 틈틈이 너그러운 마음으로 대하면서
내 인생의 겨울도 준비해야겠다

아내의 생일

아내가 생일을 맞았다
오색 단풍이 자지러지는 계절에
구부러지는 몸 일으켜 해 뜨기 전에 목욕재계하고
미역국도 없는 아침상을 차린다
떨어져 사는 외아들 내외는 오고 있겠지
애들이 오기 전에 우린 마주 앉았다
차라리 오붓한데
갑자기 아내의 얼굴을 보면서 미안하다는 생각이 든다
자식은 사랑하지만 울타리일 뿐이다
고운 정 미운 정으로 베를 짠 우리 부부의 삶이
아슴푸레하지만 그래도 숙성된 장맛이다
아슬아슬하게 살아온 이인삼각의 여정
그래도 살아 있어 마주 앉으니 안심이다
오래오래 살아야 해
나 혼자는 힘들 것 같아
이런 생각을 하다가 부끄러운 마음에 눌린다
어쩌면 이렇게 이기적일 수 있을까
그렇게 고생시키고도 이 나이에
나만을 위하여 아내의 무병장수를 바란다는 것
해가 바뀔수록 골병 들어가는 아내를 의지하는
나는 뭐야
나는 처량하고 아내는 불쌍하다

가을은 나에게

가을은 나에게 하늘을 우러러보라 하네
푸른 하늘의 꿈을

가을은 나에게 익어가는 곡식을 바라보라 하네
머리 숙인 모습을

가을은 나에게 산천초목을 둘러보라 하네
어떻게 우아하게 꾸미는가를

가을은 나에게 바다로 나아가라 하네
배를 띄우는 포용력을 보라고

그리고 가을은 그 모든 것을
가슴에 품으라 하네
내 인생을 사랑한다면

시월 그믐날

오면 가더이다
어찌할 수 없기도 하지만 붙잡으려 해도 가더이다
호화롭게 나무들이 꾸밀 때 알아보았어야 하는데
오색 단풍으로 눈을 현혹시키더니
하나, 하나 무수히
불어오는 바람에 생명줄을 놓고
흐르는 세월에 묻혀 가더이다
아기자기했던 지난 일도
뜨거웠던 지난날도
저녁노을, 붉게 물들이던 태양
잠들려 물속으로 잠기듯
뒤돌아보지 않고 시간에 묻혀 가더이다
입 벌린 겨울을 향하여 기울어 가는 가을이여
그 모습을 멀거니 바라보는 내 인생이여

무릎을 탁 칠 수 있는

애써 깨워놓은 밤
독차지하고도 할 말이 없어
할 일도 없고

너도 할 말이 없니?
이렇게 되면 우린 하얗게 새우는 거야
너와 내가 내기해 보자
누가 먼저 잠드나

이런 때는 영감님이 그리워
하늘과 땅
어제와 내일을 끌어안고
초월세계를 더듬어가며
도란도란 얘기 나누다가
영원히 잠들어도 좋을 거야
무릎을 탁 칠 수 있는
그거 한 작품을 잡을 수 있다면

제 4 장

입동지절立冬之節

11월

걸레

낙엽을 보며

가을 깊은 산

소설小雪

첫눈

11월이 가면

찾아온 것은 가더이다

겨울꽃

대설大雪의 계절

철없는 것들

나는 왜, 아직도

이렇게 눈이 내리는 날에는

산다는 것은

동짓冬至달 기나긴 밤

아버지

나 광야에서 살고 싶네

허물

세월아

소한小寒 추위

첫날의 각오

벌거벗자

그대의 침묵

한파

대한大寒 — 한 해의 끝자락에 서서

나의 세모歲暮

바닥

시간에 대한 단상

정하여진 시간

입동지절立冬之節

동면을 하는 동물들이 추운 계절이 온다고
땅속에 굴을 파고 들어가면서 준비하라네
삼동을 지나려면

이제 따스함이 그리워지는 계절
예나 지금이나 변함없는 것은
가난한 사람들의 겨우살이
그 당시에는 먹을 양식도 귀했고
찬물에 무, 배추 씻어서 김장 담그는 일도 힘겨웠고
연탄을 쌓아두어야만 안심했는데
이 때문에 시름에 잠겨야 했던 어른들이 생각나네

언제나 철이 들려는지
귓바퀴가 떨어져 나갈 것 같은 추위가 온다고 할지라도
눈 내리는 공원길을 같이 걸을 일을 그려보네
사랑하는 이여
어디 근사한 찻집에서는 우리를 기다리며
정성스레 찻물을 끓이고 있겠지

11월

을씨년스럽게 가을이
낙엽처럼 떨어지는 11월
한번 비 내리고 나면
바람이 싸늘해지고
또 한번 찔끔 비 내리고 나면
외투가 생각나는 계절
이제는 추수한 결실 모아 놓고
두 손을 모아야 한다
한겨울 지날 때
배고프지 않고 춥지 말라고
양식과 사랑을 넘치게 주신 하나님
감사의 찬양을 올려드림이 마땅하다
오, 겨울이 와도 걱정없다
따뜻한 사랑이 우리를 두르는 한
훈훈한 감사가 우리에게 있는 한
가을이 낙엽처럼 떨어져도
평화는 여전하리라
소망도 여전하리라

걸레

자기 몸을 헤프게 다루거나
단정치 못한 사람에게
감히 내 이름을 사용하지 말라
내 이름을 더럽히지 말라

바닥을 닦는다고 바닥인생은 아니다
사용하다 사용하다 더 쓸모가 없을 때
버림받듯이 내 이름을 얻고
내 처지가 되지만
내가 왜 쓸모가 없는가

나는 본래 더럽지 않았고 지금도 더럽지 않다
너희의 더러운 곳을 내 온몸으로
닦아서 더러워질 뿐이다
갈기갈기 찢어지거나 해지는 것하고
쓸모없는 것하고는 다르지 않은가

내 비록 낮은 자리에서

평소 남의 눈에 띄지 않도록 숨어 지내지만
네 더러워진 바닥은 내가 닦는다
네 더러워진 곳엔 내가 필요하다
네 환경을 정갈하게 하기 위하여
몸 바쳐 스스로 더러워지는 내 정신을
자기 몸 하나 간수하지 못하는 사람과
어찌 비교하랴

낙엽을 보며

요 며칠 새
우수수 눈발처럼 떨어져
낙엽이라는 이름을 얻은
물기 잃은 나뭇잎들

밟히면 사그락 사그락
발밑에서 내는 그 소리가 좋다고
사람들이 묵상의 숲을 걷는다

너희는
떨어지기 위해서 한때 청청했던가
지금은
바스러지기 위하여 떨어졌고
흙에 묻히기 위해서 바스러지는가

아무렇지 않게 떨어지고
아무렇지 않게 밟히고
아무렇지도 않게 밟는 세상
나 혼자만 아프구나

가을 깊은 산

뼈대만 남은 산으로 가네
가을 깊은 산으로
가을 색깔 보러 가네

사치스런 허물 벗고
의젓하게 맨가지로만 서 있는
너의 참모습을 보러 가네

낙엽은 바스락 소리를 내고
밟힐 때마다 올려 보내네
은근하고 후덕한 가을 냄새
흙으로 돌아가며
뼈대만 남은 산 가득히
마지막으로 선물하는 그 정리

나는 누구에게, 무엇으로 남겨줄까
벌거벗은
내 빛깔과 냄새는 무엇인가
나를 만나러
뼈대만 남은 산으로 가네

소설小雪

소설小雪도 소설小說을 쓰고 싶은 겐가
기온이 급강하하면서
살얼음이 얼지만
가끔씩 따뜻한 햇볕이 남아도는 계절
바람이 드센 것은 강화도 선돌이의 원한이라네

첫눈이 내리면 그리움은 잉태되고
첫눈이 내리는 날, 우리 만나자
손가락 걸며 약속했던 우리들의 앙증스러웠던 시절
지금은 낙엽처럼 퇴색했네

바람에 빗겨 날리는 눈발을 맞으며
겨울의 깊은 맛으로 빠져드는 우리

아, 내리는 눈과 날카로운 바람
나는 옷깃을 여미고 목도리를 두르지만
그들에게 기꺼이 점령당하네
벌거벗은 나무들의 의젓함을 본받으며
빠져드는 나의 겨울

첫눈

눈이 내리네
첫눈이

예전 같으면
그대와 함께 마시던
감잎차가 생각났을 터인데
지금은
시간도, 화사했던 마음도
많이 흘렀네

그래도 이 아침에
눈이 내리네

그대는 떠났지만
내리는 눈은 첫눈이네

11월이 가면

11월이 가면
강추위가 찾아오고
12월이 오면
마음이 바빠지네
한 해를 마무리하는 종종걸음
왜 이리 세월은 서두르는가
때때로 하루하루가 지루한데

내 인생
계절에 얹혀
여기까지 와서 비상을 꿈꾸네
여겨주시는 은혜로 여기에 서서
높은 곳
우아한 세상을 꿈꾸고 있네

세월은 세월에 맡기고
나는 나를 태어나게 하신 이에게 맡기고
12월이 오면

나는 두둥실, 고상한 나라를 꿈꾸며
떠날 차비를 기쁘게 할 수 있으리

11월이 가고
흰눈 펄펄 날리면
그 너머 그리운 님이 기다리는 고상한 나라
유리알같이 맑고 따뜻한 나라
가슴으로 먼저 밀려오리니
새날을 맞는 벅찬 감격의 날

찾아온 것은 가더이다

찾아온 것은 가더이다
시간도
세월도
사람도
모두 허망하게 가더이다
나도 떠날 사람
그날이 언제인가는 모르지만
다행이다
낙엽처럼 떨어져 눈처럼 녹아들지라도
떠나갈 곳이 있다는 사실
내가 그걸 안다는 것

겨울꽃

가을에는 나뭇잎이 꽃이 된다
알록달록한 단풍으로 화사하게 핀다

그 가을꽃이 모두 지면
가지마다 온몸으로 피는 꽃
하늘이 내려주는 하얀 선물
성결하게 피는 겨울꽃
천사들이 무희처럼 춤을 추며 내려와 앉으면
그 자리가 모두 우아한 꽃송이다

우리는 언제나 저처럼 순결해질 수 있으랴
온화한 햇빛을 받으면
찬란하게 빛났다가도 자취 없이 사라지는
정결한 눈꽃

대설大雪의 계절

이렇게 함박눈이 소담하게 내리면
아침 일찍 아버지는
밖으로 나가시기 전에 홀로 말씀하셨습니다
"내년에는 풍년이 들겠구먼"
볼일을 마치고 들어오실 때는 말씀하셨습니다
토방에 올라서서 툭툭 발을 구르며
신발에 눌러붙은 눈을 털으시면서
"웬 눈이 이렇게 많이 내리는지"
아버지는 마당에 풍성하게 쌓이는 눈을
흰 쌀이었으면 하고 생각하셨을까요
눈을 치우려면 귀찮으셨을지라도
눈 내리는 날의 표정은 항상 온화하셨습니다
아, 오늘도 눈이 내립니다
보고 싶은 아버지를 모시고 눈이 내립니다
눈을 감으면 가슴에 내립니다

철없는 것들

대설大雪 절기에 소설小雪도 아닌
비가 내린다
계절도 철을 모르는가

아파트 화단에는
진달래꽃 한 송이가 피어 있다
봄을 너무 그리워하다가
성급했는지 몰라
잎새 하나 성한 것 없이 말라버린 가지 끝
애처롭다
한겨울을 둘러쓰고
떨고 있는 분홍색

하기야 철모르는 것이 저들뿐이겠는가
어서 어른이 되기를 바라는 아이들아
그냥 자라거라
그때가 좋았다고 뒤돌아보는 사람들아
도리 지키며 분수껏 살아가라

나는 왜, 아직도

생각나는 사람
가까이에 두고도
나는 왜 멀리 있는 사람들을
때로 깊이 생각하는가
아직도

사랑 나누어야 할 사람
지금 이웃에 많은데
나는 왜 지난 세월의 동무들을
그렇게 그리워하는가
아직도

생각하면 떠오르는 사람
여기 얼마든지 살아 있는데
나는 왜 먼저 떠난 사람들을
눈 감아가며 떠올리는가
아직도

따뜻한 봄날 다 보내고
낙엽 지는 요즈음에 와서
나는 왜 그 사람들이
부쩍 보고 싶어지는가
아직도

기약도 없이 떠날 때
손조차 흔들어주지 못하고 보냈던 사람들
나는 왜 지우지 못하고
아쉬워만 하는가
아직도

이렇게 눈이 내리는 날에는

아직도 내 마음속에 동심이 살아 있는가
함께 뛰놀던 강아지가 생각난다
이렇게 눈이 내리는 날에는

아직도 내 마음속엔 소년이 살아 있는가
첫눈 내리는 날 만나자고 손가락 걸었던
그 아이가 생각난다
이렇게 눈이 내리는 날에는

눈 내리는 날에는 그리워하자
증기를 내뿜으며 달리던 기차를 타고
내 아버지 어머니와 함께 살던 고향으로 가자
거기 가난이 함박눈처럼 풍성한 집에
눈이 많이 내린 다음 해에는 풍년이 든다는
소박한 꿈을 엮으시던 아버지가 계셨지

초가지붕도, 온 들판도 하얀색으로 덮이고
저녁연기가 부옇게, 부옇게

굴뚝을 뚫고 올라와 하늘에서 흩어질 때면
내 이름을 부르시던 어머니의 음성이
나를 안아주시던 가슴만큼이나 따스했지

달려가도 만날 수 없고
지금은 동화로 잠들어 꿈만 자라는 곳
너희들은 다 잘될 거야
우리 형제들의 머리에 손 얹으시고
소망을 다져주시던
그 애틋한 마음들
내 빈 가슴에 지금은 수묵화로 그려진다
이렇게, 이렇게
소담하게 눈이 내리는 날에는

산다는 것은

산다는 것은 참 쉬운 일
제멋대로 아무렇게나 산다면

아무렇게나 제멋대로 산다면
산다는 것은 참 어려운 일

아무렇게나 제멋대로 산다는 것은
사람이기를 포기하자는 것인가
자유스러운 삶을 살자는 것인가

평생을 살아도
사람으로 사는 참 길을 모르겠다
사람답게 사는 길을 하나씩 하나씩 배워가며
평생을 사는 게
바르게 사는 삶인가

내 멋대로 아무렇게 살고 싶다
오늘은
아무렇게나 내 멋대로 살고 싶지 않다

동짓立冬달 기나긴 밤

연중 낮이 가장 짧아졌기에
연중 가장 길어진 황진이의 동짓날 밤
외로움이 깊어지면
그리움이 물결처럼 밀려오는 밤
밖에서는 함박눈이 사각사각 세상을 덮어도
칼바람이 나목을 휘어감으며 몰아쳐도
모든 걱정 근심을 밀어낸 가장 뜨거운 이불 속
창호 문을 뚫고 들어오는 은근한 달빛을 덮고
도란도란 사랑의 밀어를 오롯이 익히는 밤
흘러가는 것이 아쉬워
붙들어 매어두고 싶기만 한
당신과 나의 동짓날 깊은 밤

아버지

아버지는 오래전에 떠났습니다
그러나 내 허락 없이 떠날 수는 없습니다
지금도 내 가슴속에
의연하게 앉아 계십니다
국가 경영이나 세상사에 대해서는 부족해도
노동의 힘드심을 모르는 것 같았습니다
당신이 겪은 가난
공부하지 못한 환경
대물림시키지 않으려고
가솔을 굶기지 않으려고
땅에 엎디어 산 삶을 떠날 수 없다고
내 가슴속에 앉아 계신 아버지는
매일같이 말씀하고 계십니다
날씨가 수시로 변하고
세상이 급격히 변하고
생각들이 요동을 치며 변하여도
내 안의 아버지는
얼굴도 변하지 않고

늙지도 않고
우리에게 보여준 삶의 모습도 변하지 않고
하나님의 말씀이 언제나 그대로이듯
말씀을 바꾸지 않습니다
"책임을 다하지 못하면 죽는 것만 못하다"
그리고 가끔씩 나를 울적하게 만듭니다
"남자는 곡식을 썩히지 말고
여자는 음식을 썩히지 말아야 한다"
그래서 혼자 깨어 있는 밤에
바람이 창문을 두드리면
나직이 불러보기도 합니다
아버지!

나 광야에서 살고 싶네

애굽에서 나온 이스라엘 백성처럼
나 광야에서 살고 싶네
거기는 물 한 모금도 없는 메마른 곳
풀 한 포기 자라지 않는 황량한 곳
그러나 가나안을 향한 소망이 있는 곳

나 광야에서 살고 싶네
어느 방향으로 가야 할지 모르지만
낮에는 구름기둥, 밤에는 불기둥이 있었던 곳
더위와 추위에서 보호하며
두 기둥이 앞장서서 가며 길을 안내했던 곳

나 광야에서 살고 싶네
농사를 짓지 않아도 하늘에서 만나가 내리고
반석을 치면 마실 물이 나오던 곳
하나님의 풍성한 은혜를 입으며
사람이 떡으로만 살 것이 아님을 깨닫게 하는 곳

나 광야에서 살고 싶네
길이 협착하고 독충과 불뱀이 서식하는 곳
그러나 원망하고 불평하면 징계가 내리고
하나님의 뜻을 거역하면 죽임을 당하는
오직 하늘만 바라보고 따라야 하는 곳

나 광야에서 살고 싶네
고난이 있어도 하나님의 은총이 있고
거역할 때 가차없이 징계는 있어도
다시 순종하면 용서의 위로가 있는 곳
하나님이 항상 동행하는
나 그곳, 광야에서 길이 살고 싶네

허물

친구끼리는 허물이 없어야 하지만
또한 허물이 많아야 참 친구가 된다
허물이 무엇인지도 모르고 지냈던 시절
그렇게 많이 허물을 쌓았던 시절
이제는 오히려 그리움으로 다가온다
친밀하게 다가오고
웃음거리로 다가오고
얘깃거리로 다가오는 그 많은 허물들
이제는 모두 용납할 수 있으니
친구여
우리도 이제는 다 익은 것일까

세월아

세월은 어디로 가는가
날 어디로 끌고 가는가
애벌레 허물을 벗고 날개 펴듯
날마다 내 영혼이 맑아지면
검은 하늘 미리내처럼
비로소 나타내 보이는 나라
그곳으로 이끌고 있는가
세월아

머리털 하얘지고
고사목의 너덜너덜한 껍질처럼
날마다 내 육신이 낡아지면
헛간의 보릿자루처럼
비로소 뒤돌아보는 회한
그곳으로 이끌고 있는가
세월아

소한小寒 추위

대한이 소한의 집에 가서 얼어 죽었다지
소한, 대한에 밖으로 나가 얼어 죽은
지각없는 놈은 제사도 지내주지 말랬다지

아, 춥다
지난날 의복이 부실했을 때는
어떻게 견디었는지

비수같이 예리한 추위는 각성하라는 뜻인가
정해진 길을 걸어왔으면서
인생이 짧다는 생각
인생이 허무하다는 생각
모두 이 날카로운 추위로 얼려버리자

이런 날에도
풀잎은 땅속에서 새싹을 준비하고 있고
나무들은 잎눈을 준비하고 있고
결실을 위하여 보리싹은 견디고 있고
그 여린 것들은

첫날의 각오

서두르지 말자고 다짐하는데
어느새 걸음은 빨라지고
밥상 앞에 앉으면 숟갈질도 빨라진다

평화로운 마음 갖자고 다짐하는데
어느새 미운 생각에 분노까지 치오른다

매사 긍정적으로 생각하자고 먹은 마음
못된 놈들 만나면 왜 저런가 하여
울화통이 먼저 터진다

묵상한다고 눈을 감으면
저절로 쏟아지는 잠

에라이!
초장에 요놈들부터 휘어잡지 않으면
금년에도 허탕이다

벌거벗자

외투를 위해서 추위가 오는가
나무에게는 벌거벗으라고 추위가 온다
우리도 때때로 벌거벗자
이 추운 계절에도
위선과 과장의 옷은 누더기일 뿐

그대의 침묵

내 가슴에 납덩이로 내려앉은
그대의 침묵

어디로 떠났는가
바람을 타고 날아오지 않고
풀벌레 소리에도 묻어오지 않는
그대의 침묵

별빛 속에 담겨 있을까
소나무 향기 속에 숨어 있을까
그대의 침묵

그리움으로 왔다가 슬픔으로 머물고
외로움으로 왔다가 아픔으로 머무는
그대의 침묵

바삐 흐르는 세월에 눌려
내 심신은 녹아드는데
겹겹이 쌓여 가슴을 짓누르는
그대의 침묵

한파

우리나라의 한파는
사지를 오돌오돌 떨게 하는 한파는
앙칼진 북풍이 부는
겨울에만 밀어닥치지 않는다

지난 5년 전에는
허울 좋게 장미 축제라 했다
그해 5월에
망나니의 칼춤이 있었다
추상같은 칼날에 모두는 간담이 서늘했고
어떤 이들은 숨죽이고 옥으로 잡혀갔다
정의의 사도인 양 외치는
그 외침은 서슬이 파랬다
그 누가 그 외침에 대항하랴
법과 원칙을 내세우는 그 엄정한 외침에

그런데 이번엔 3월이란다
진달래 축제라 이름을 붙여야 하는가

똑같은 법과 원칙이라는 이름 아래
권세가 새로운 권세에 쫓겨날 판이다
줄줄이 엮여갈 판이다

위에 계신 분이 말씀하셨다
심은 대로 거둔다
원망하지 말라
불평하지 말라
변명도 말라, 자업자득이다
두 손 묶여 들어가서 입 다물고
다음 한파를 기다리라
한파가 지나야 비로소 찾아오는 봄
이 악물고 참으며 그 봄을 기다리라

대한大寒 — 한 해의 끝자락에 서서

이 해의 마지막 절기, 대한大寒
추위가 누그러지고 있는가
소한小寒의 얼음이 대한大寒에 녹는다네

겨울을 굳건히 지킬 것인가
자리를 봄에게 넘겨야 할 것인가
대한이 머리 싸매고 고민 중이네

한 해를 보내는 계절
어찌 아쉬움이 없겠는가
어찌 회한인들 없겠는가
그렇더라도
잘 정리하고 이 고개를 또 한 번 넘자

아직은 바람 거칠고 눈 내리는 날
들뜨지 않은 마음으로 걸어가리라
굳게 붙든 소망 하나
주께서 선물로 주신 믿음 하나
움켜쥔 믿음, 소망으로 나아가리라
아직도 사랑할 일이 많은 세상

나의 세모歲暮

해가 저문다
한 해를 마무리하라고
어둠이 대지를 덮는다

내 감정이 어둠 속에서 고개를 든다
지난 한 해 동안 지은 내 죄업은 얼마인가
내가 물어야 할 죄얼은 얼마인가
그럼에도
내가 이렇게 살아 있다는 것은
하나님의 은혜가 크시다
내 죄얼을 덮으시는 하나님의 은혜
내가 매양 짓는 죄보다
그 은혜는 더욱 크고 위대하시다

어둠 속에서
햇빛보다 더 밝은 새해를 바라보는
나의 소망
나의 세모

바닥

내 이름은 바닥
뭇 발에 밟히는 곳이오

그렇다고 업신여기진 마오
내가 없으면 하늘도 없고
아무것도 세울 수 없고
당신도 서 있을 수가 없소

바닥에 떨어졌다고 낙심치 마오
더 내려갈 곳이 없는 바닥은
당신이 도약할 발판이요
무한한 가능성이오

시간에 대한 단상

영원에서 왔을까
시간으로 와서 잠시 머물다
영원으로 되돌아가는 생

그가 나를 끌고 가는가
그 굴레에서 벗어날 수가 없네
흐르는 그에게 반항하여 허송할 수도
순응하여 그를 활용할 수도 있네

그는 엄격하고 정직하네
해를 뜨게 하고 지게도 하고
밤이 오면 새벽도 오고
시간을 주신 의미를 깨닫는다면
그 시간을 운용하는 분을 경외하라

겸손하자
그를 벗어나는 날은
이 지상에서의 나의 삶도 끝나리니
그를 아끼는 삶은
영원을 사랑하는 삶이려니

정하여진 시간

정하여진 시간은 반드시 오네
연말을 향하여
시간은 연초부터 달리고

정하여진 시간은 반드시 오네
나의 종말을 향하여
나의 탄생은 시작되었고
지금도 지치지 않고 달리네

정하여진 시간은 반드시 오네
하늘 구름 타고
주님은 영광스럽게 오시네
천군 천사 거느리고
위엄있게 오시네
인자하게 오시네

하루를 살아도 그 님을 사모하고
한 달을 살아도 그 님을 기다리며

내 마음 흰옷을 입고
내 행위 세마포 입고
하루가 천년 같고, 천년이 하루 같은 날
목을 세우고 하늘을 보네
잠시 한눈을 팔까 염려하며
위를 보네

한 해의 항해

한 해의 항해를 이렇게 마쳤습니다
허접하게 살았고 허송한 것일까요
부끄럽습니다, 내 인생의 한 해
남은 것이 없습니다
그분에게 드릴 만한 것이 없습니다
폭풍노도를 헤치고 정박한 이 시점, 이 지점에

나는 이렇게 맨손으로 갈 수 없다고 발버둥쳤지만
지나고 보니 빈손입니다
세월만 파먹고 산 것일까요

나머지 생을 보람으로 채우고 싶습니다
빛나게 꾸미고 싶습니다
부끄럽지 않은 세월이었으면 합니다
바람만 잡으려는 허망함이 아니기를 위하여

다시 두 손을 모읍니다
주여, 용서하소서

그리고 늘 이 고백을 하게 하소서

"나의 힘이신 여호와여, 내가 주를 사랑합니다"(시18:1)